BIOGRAPHIE VÉRIDIQUE

OU

HISTOIRE

D'UN PAUVRE ACTEUR

ÉCRITE PAR LUI-MÊME.

Malheur aux esprits faux dont la sotte rigueur
Condamne parmi nous les jeux de Melpomène!...
Quand le ciel eut formé cette engeance inhumaine
La nature oublia de lui donner un cœur.

(VOLTAIRE.)

PARIS,

TYPOGRAPHIE LACRAMPE ET C,

RUE-DAMIETTE, 2.

—

1845

BIOGRAPHIE VÉRIDIQUE

ou

HISTOIRE D'UN PAUVRE ACTEUR

ÉCRITE PAR LUI-MÊME.

BIOGRAPHIE VÉRIDIQUE

ou

HISTOIRE

D'UN PAUVRE ACTEUR

ÉCRITE PAR LUI-MÊME.

Malheur aux esprits faux dont la sotte rigueur
Condamne parmi nous les jeux de Melpomene[1]. .
Quand le ciel eut formé cette engeance inhumaine
La nature oublia de lui donner un cœur.

       (VOLTAIRE)

PARIS,

TYPOGRAPHIE LACRAMPE ET Cie,

RUE DAMIETTE, 2.

—

1845

AVANT-PROPOS.

On m'a souvent dit depuis ma retraite : « Écrivez
« donc vos mémoires, écrivez sur l'art que vous avez
« si longtemps exercé. »

Je n'ai jamais eu le sot orgueil de me croire assez
important pour espérer qu'un récit de ma vie pût in-
téresser personne;... mais, si j'avais eu cette fai-
blesse, qu'en serait-il résulté? — Voici, à peu près,
comme on en aurait jugé.

Un second mariage a pesé péniblement sur son
existence entière...

« *Pourquoi l'a-t-il contracté?... et qu'est-ce qu'un*
« *mauvais mariage?... un malheur de tous les jours,*
« *— et rien de plus.* »

Il a perdu un fils TOUT ÉLEVÉ et de la plus haute
espérance... « *Ce fils aurait peut-être mal tourné:*
« *qu'il s'en console.* »

Pillé de toutes parts et trompé dans sa confiance, il a perdu tout le fruit de ses travaux, en perdant sa fortune...

« *Eh bien!... ne lui reste-t-il pas une pension?...* « *Je lui conseille de se plaindre, quand il y en a tant* « *d'autres qui n'ont rien.* »

Des peines plus récentes sont venues accabler sa vieillesse ; il pouvait en mourir de chagrin...

« *Le grand malheur!... Ne faut-il pas mourir de* « *quelque chose?* »

Écrire sur le théâtre serait bien une autre folie !... LES ANCIENS NE SONT PLUS EN CRÉDIT. Et quand ce serait encore UN ART... la plupart des personnes qui l'exercent aujourd'hui ont trop de confiance en leur mérite pour aller chercher des conseils dans une brochure.

C'est pour vous, mes amis, ET POUR VOUS SEULS, que j'ai tracé cette légère esquisse ; veuillez donc l'accepter avec indulgence, comme SOUVENIR, et témoignage de ma haute estime.

BIOGRAPHIE VÉRIDIQUE

ou

HISTOIRE D'UN PAUVRE ACTEUR

ÉCRITE PAR LUI-MÊME.

> Malheur aux esprits faux dont la sotte rigueur
> Condamne parmi nous les jeux de Melpomène!...
> Quand le ciel eut formé cette engeance inhumaine,
> La nature oublia de lui donner un cœur.
> (VOLTAIRE)

Examinons rapidement

Comment j'ai fourni ma carrière ;

Mais traitons ce sujet gaîment,

Et qu'en regardant en arrière,

Notre âme soit fermée à toute émotion.

Il faut ici de la philosophie,

Et dessiner notre biographie,

Sans nous appesantir sur la double union,

Dont l'une, trop longtemps, empoisonna ma vie.

La première fut belle et bien digne d'envie !

Mais la seconde est une telle horreur,

Qu'en en parlant je ferais peur ;

Taisons-nous donc pour n'effrayer personne,

Et, sans plus de façon,

Laissons-là le petit garçon,

Qui ne pense ni ne raisonne,

Pour arriver à cet âge charmant,

Mais d'une si courte durée,

Où notre âme aimante, égarée,

Où notre cœur, avide d'aliment,

Cherche un objet pour en remplir le vide,

Et prend l'aveugle Amour pour guide ;

Où la triste Raison, éloignant son flambeau,

A nos yeux enchantés laisse voir tout en beau ;

Où l'avenir brillant devant nous se déploie,

Touchante illusion ! voile aimable et trompeur !

Mais à nos yeux tissu d'or et de soie,

Faut-il que tout cela se dissipe en vapeur !

J'en étais là, lorsque des cris d'alarmes,

Le tambour et les chants guerriers,

Et ces mots répétés : — « Aux armes !

« Courez défendre vos foyers,

« Vos ennemis sont à vos portes;

« Hâtez-vous! formez vos cohortes,

« Méprisez de tendres ébats,

   « O jeunesse française !

   « Chantez LA MARSEILLAISE,

   « Et volez aux combats ! »

Ah ! comment résister à cette voix sublime

   De la patrie et de l'honneur ?

   Ce mouvement fut unanime.

Tous avaient même élan, tous avaient même cœur !

Nous partons en chantant des hymnes à la gloire,

Et pleins de confiance en la Divinité.

   Salut! ô première victoire,

   Aurore de la liberté !

   Personne aujourd'hui ne l'ignore.

   L'histoire se plaît à conter

Comment on le planta, ce drapeau tricolore,

   Chez ceux qui voulaient nous dompter !

Mais reprenons le cours de notre destinée :

C'est descendre un peu bas, après si hauts propos.

A trois lustres échus, ajoutez une année,

Et vous saurez quel âge avait notre héros,

Lorsque, fuyant les bras d'une mère alarmée,

   (Tant il avait désir de guerroyer)

Rien ne put l'empêcher de courir à l'armée,

Au milieu des périls, pendant *un lustre entier*.

Du foyer paternel sa jeunesse exilée

N'offrit à son retour qu'un malheureux soldat,

   Blessé maintes fois, sans état,

   Et la main gauche mutilée.

Il faut pourtant se faire une position :

Amateur, en tout temps, de la belle nature,

J'ai toujours eu du goût pour l'imitation ;

   J'avais jadis commencé la peinture,

   Mais, hélas ! il était bien tard.

   A temps perdu point de remède ;

   Trop long fut le retard.

J'appelai, cependant, le courage à mon aide,

   Et me remis à tailler mon crayon.

Me voilà donc dessinant *le modèle*,

Quand, tout à coup, un lumineux rayon,

De son éclair traversa ma cervelle.

Qui le croirait ? ce fut un vieux *bouquin,*

Que de notre *atelier* recouvrait la poussière,

    Qui de notre illustre LEKAIN

    Me fit embrasser la carrière.

    Ce vieux bouquin, presque en lambeaux,

    Etait pourtant grande merveille ;

  Il renfermait les extraits les plus beaux

    De RACINE et du grand CORNEILLE.

Me consolant ainsi de mes tristes revers,

    En les lisant, je me sentais renaître.

Quand d'autres déjeunaient, loin des regards du maitre

    J'en récitais les plus beaux vers.

Mais comment affronter une famille entière,

    Qui ne me voudra point ACTEUR,

    Et me lancer dans la carrière,

    Sans argent et sans protecteur ?

    J'étais alors loin de comprendre

    Que c'est le plus triste parti

    Qu'un honnête homme puisse prendre [1] ...

Il me fallait du temps pour être converti.

J'eus recours à l'expérience

D'une demoiselle *Saint-Val*, (2)

Dont TALMA (qui déjà n'avait point de rival)

Venait aussi consulter la science.

L'art présentait alors *grande* difficulté,

Un goût plus délicat dominait notre scène ;

On n'admettait *la vérité*

Que digne, en tout, de MELPOMÈNE.

Le bas était proscrit, *le commun* rejeté ;

Même dans l'abandon du plus affreux délire,

Il fallait conserver *noblesse* et *dignité*,

Autrement vous eussiez fait rire.

Mais ce n'est point ici le lieu d'examiner

Ce qu'a de mieux la nouvelle méthode :

Chaque chose a son temps, chaque temps a sa mode.

Et l'on pourrait m'envoyer promener...

Enfin je débutai, plus glorieux qu'un prince,

Et pourtant, dois-je ici dire la vérité ?

Je n'eus, hélas ! qu'un succès assez mince.

Et crus en toute humilité

Que le plus sage était de partir en province.

Passons avec rapidité

Ce premier temps, bien triste alternative

De bien-être et de pauvreté.

Ma volonté, toujours active,

N'envisageait qu'un but, *celui de parvenir*,

Et je supportais sans tristesse

La plus déplorable détresse,

Tout, enfin, dans l'espoir d'un heureux avenir.

Ah ! j'en reçus un jour la récompense ;

Mon courage, à la fin, triompha des revers ,

Et les grands théâtres de France

A mes succès furent ouverts.

Voyant ainsi croître ma renommée,

Je m'affranchis entièrement,

En m'abstenant de tout engagement

Par qui ma liberté pût être comprimée.

J'allais de ville en ville, et, du nord au midi,

J'étais couru partout, et partout applaudi.

Ma réputation n'avait point de rivale,

On me croyait *proscrit* de notre capitale.

    Partout on m'en faisait honneur ;

Pendant *douze ans entiers* je goûtai ce bonheur,

Et triompher ainsi sans exciter l'envie,

Ah ! c'est bien là, vraiment, le charme de la vie !

On me vint arracher ce trésor précieux,

    Et de si haut il me fallut descendre.

    L'Odéon, jeune et radieux,

Ainsi que le Phénix renaissait de sa cendre ;

On me fit grand honneur en m'appelant alors,

Et j'en conserve encor de la reconnaissance.

Mais, ne m'étant jamais *escrimé* qu'au dehors,

    Je n'avais nulle connaissance

    Des grands théâtres de Paris,

Qui sont bien, à mon gré, ce qu'on peut voir de pis.

Malgré LE PRÉJUGÉ dont encore on l'accable,

Et dont *tout esprit droit* doit savoir se moquer,

Le talent de l'acteur est toujours estimable ;

Ce n'est point lui qu'ici je prétends attaquer.

Des beaux-arts et du goût Paris est la patrie,

Le vrai mérite seul peut longtemps y régner ;

Plus difficile est la partie,

Plus il est glorieux de savoir la gagner.

Je réussis pourtant ; j'aurais tort de me plaindre,

Car on m'avait tant et si bien prôné,

Qu'avec raison je devais craindre

De me voir détrôné.

Puis, *quarante-quatre ans* ne me rassuraient guère,

Et l'on pouvait me trouver *vieux* ;

On sait assez qu'à Paris le parterre

N'aime que les talents élevés sous ses yeux.

TALMA, d'ailleurs, dangereux voisinage,

TALMA, dans toute sa beauté,

Si jeune encor, malgré son âge,

M'écrasait sous le poids de sa célébrité !

Oh merci, de tant d'obligeance !

Ah ! certes, je jouais gros jeu !

Et je dois tout à l'indulgence,
Si j'ai retiré mon enjeu.

Objet de tant de vœux et de tant d'espérance,
Ce théâtre naissant excita des transports ;
On accourait en foule applaudir nos efforts,
La Presse nous prêtait sa puissante assistance.

Ce fut alors qu'on vit un jeune auteur,
De son époque le plus digne,
Le doux et tendre Delavigne,
S'élever tout à coup à si grande hauteur !

Des jeunes écrivains on vit la noble élite,
Ardents et généreux rivaux,
Luttant de zèle et de mérite,
Apporter, à l'envi, les fruits de leurs travaux.

Ah ! qui jamais l'aurait pu croire,
Que des acteurs, l'un par l'autre excités,
Et que l'intrigue la plus noire,
Et les basses rivalités,

Et *l'insinuant artifice*,

Dussent sitôt détruire-l'édifice

Qu'ils avaient intérêt à toujours posséder?

Ah! je puis dire ici (sans me trop hasarder),

Qu'en cette triste circonstance,

Pendant ces fâcheux contre-temps,

J'ai regretté l'heureuse indépendance

Dont j'avais joui si longtemps.

Je ne connaissais pas (trop heureuse ignorance!)

CETTE HAINE qu'entre eux se portent les acteurs,

De l'amour-propre *l'arrogance*,

Et l'ignoble emploi des CLAQUEURS !

Mais voici bien le plus beau de l'affaire ;

Parfois, dans le malheur, il se trouve du bon,

Un changement ne pouvait que me plaire,

J'avais assez de l'Odéon.

On vint me proposer de traverser la Seine,

En m'assurant (quoique un peu vieux)

Que sur notre PREMIÈRE SCÈNE,

Je serais beaucoup mieux.

Honoré d'une telle avance,

Et mécontent de *l'autre lieu*,

J'acceptai donc, sans résistance,

Une nouvelle place au *quartier Richelieu.*

Ah! juste Dieu! quelle aventure,

Et combien je me trouvai sot !

Tournant le dos à ma figure,

Personne ne me disait mot.

Moi, voulant prendre un air facile,

Et puis un peu pour babiller,

Je demandai (du meilleur style)

Une loge pour m'habiller.

Faisant honneur, suivant l'usage,

A ma requête, avec civilité,

On me mit au *cinquième étage*,

Tout auprès *de l'endroit...* en tout temps infecté.

Je vis alors qu'aux nouvelles recrues

Il siérait mal de faire les fendants ;

Pour couronner tant de déconvenues,

J'arrivai droit... *aux confidents!*

Enfin, avec le temps, les choses s'arrangèrent;

    On me plaça plus convenablement.

      Les créations arrivèrent,

    Et j'eus aussi part au gouvernement.

    Ah ! comme ailleurs, victime des intrigues,

    Plus d'une fois j'ai voulu m'en aller ;

Rappelant mon courage et méprisant les brigues,

Quelques succès encor vinrent me consoler.

Mais ce qui, vers la fin, m'affecta davantage,

      C'était de voir se détourner

Les rôles *faits pour moi*, les rôles de mon âge,

      Que d'autres se faisaient donner.

    Sans toutes ces tristes menées,

    Qui me rongeaient à petit feu,

  J'aurais encor fourni quelques années,

    Avant de prononcer « ADIEU. »

Quel plus triste métier pouvait-on entreprendre ?

    Ah ! combien j'étais insensé !

    L'enthousiasme me le fit prendre,

Et le dégoût m'en a chassé.

Il est pourtant un fait que je ne saurais taire :
A plus DE CINQUANTE ANS je fus sociétaire ;
Fait étrange, il est vrai, tardive admission,
Mais qui ne détruit point mon obligation.
Ce titre offre toujours un réel avantage,
Et la reconnaissance est permise à tout âge.

Adieu donc LE MÉTIER D'ACTEUR,
Métier qu'aujourd'hui je déteste,
Métier dont tout homme de cœur
Doit se sauver — comme on fuit de la peste.

Qui le croirait, qu'en ce temps de progrès,
Quand partout la raison circule,
Qu'il existât chez les Français
Un préjugé si ridicule ? (3)
Les autres arts sont honorés,
Sans trop prodiguer les dépenses ;
On les rencontre *décorés*
Par de publiques récompenses.

Pour *le comédien* que fait-on?

L'eût-on vu s'élever jusqu'au degré suprême,

On dit : « Oui, C'est un HISTRION ! » [4]

Et l'on s'en va fort content de soi-même.

GOUVERNEMENT ! veux-tu relever ce bel art?

Il est grand temps, sa chute arrive ;

De chacun faisant mieux la part,

Sache honorer celui qui le cultive ;

On te saura gré de ce soin.

Ramène le théâtre à sa noble origine,

Epure notre scène, elle en a grand besoin.

Qu'avec le goût *la morale* y domine,

Alors on pourra voir renaître ses beaux jours ;

Mais, autrement, c'en est fait *pour toujours.*

NOTES.

(1)
J'étais alors loin de comprendre
Que c'est le plus triste parti
Qu'un honnête homme puisse prendre...

Jeune homme, me dit-il (Voltaire), l'art du comédien est le plus rare, le plus beau, le plus difficile des talents; mais il est avili par des barbares, et proscrit par les hypocrites.

(*Mémoires de* LEKAIN.)

Cela pourrait encore se dire aujourd'hui.

(2)
J'eus recours à l'expérience
D'une demoiselle Saint-Val.

C'est de mademoiselle SAINT-VAL l'aînée, une des illustrations de la scène française, à l'époque où elle en comptait tant, qu'il est ici question. Son vrai nom était Marie-Blanche ALZIARI. Elle est morte à Draguignan en 1836.

(3)
Qui le croirait, qu'en ce temps de progrès,
Quand partout la raison circule,
Qu'il existât chez les Français
Un préjugé si ridicule?

En examinant les chefs-d'œuvre qui composent aujourd'hui le répertoire de notre Théâtre-Français, il est étrange que tant de perfection et tant de régularité n'aient pu laver encore cette tache qu'un préjugé très-injuste attache à la profession de comédien ; ils étaient honorés dans Athènes, où ils représentaient de moins bons ouvrages. Il y a de la cruauté à vouloir avilir des hommes nécessaires à un état bien policé, qui exercent sous les yeux des magistrats un talent tres-difficile et très-estimable. Mais c'est le sort de ceux qui n'ont que leur talent pour appui, de travailler pour un public ingrat.

VOLTAIRE. (*Examen sur les pièces de Molière ; article du Malade Imaginaire.*)

Cet article est du milieu du dernier siècle. Que ne s'est-il point passé depuis ? Et le préjugé existe encore !...

(4)   On dit : « Oui !... c'est un histrion ! »

Les anciens distinguaient avec soin le style *histrionique*, c'est-à-dire le style des ouvrages faits pour être déclamés, d'avec le style qu'ils appelaient *graphique*, c'est-à-dire des ouvrages uniquement faits pour être lus.

L'ABBÉ DUBOS. (*Recherches sur la musique des anciens.*)

Histrion est aujourd'hui synonyme de *bateleur* et de *saltimbanque*